밥값

밥값

정호승 시집

창비

차 례

제4부 ___

제1부

봄비

어느날
썩은 내 가슴을
조금 파보았다
흙이 조금 남아 있었다
그 흙에
꽃씨를 심었다

어느날
꽃씨를 심은 내 가슴이
너무 궁금해서
조금 파보려고 하다가
봄비가 와서
그만두었다

입양

누가 나를 입양하겠다고 한다
아무짝에도 쓸모없는
이미 헌옷박스에 버려진 나를
하늘의 호적에 올리고
데려가겠다고 한다
이왕이면 비행기를 타고 갔으면 좋겠다
이번에 나를 입양할 부모는
토성 근처 어느 별에 사는
별지기라고 한다

결빙

결빙의 순간은 뜨겁다
꽝꽝 얼어붙은 겨울 강
도도히 흐르는 강물조차
일생에 한번은
모든 흐름을 멈추고
서로 한몸을 이루는
순간은 뜨겁다

허공

어머니 바느질하시다가
바늘로 허공을 찌른다
피가 난다
어머니 바늘로 허공을 기워
수의를 만드신다

밥값

어머니
아무래도 제가 지옥에 한번 다녀오겠습니다
아무리 멀어도
아침에 출근하듯이 갔다가
저녁에 퇴근하듯이 다녀오겠습니다
식사 거르지 마시고 꼭꼭 씹어서 잡수시고
외출하실 때는 가스불 꼭 잠그시고
너무 염려하지는 마세요
지옥도 사람 사는 곳이겠지요
지금이라도 밥값을 하러 지옥에 가면
비로소 제가 인간이 될 수 있을 겁니다

득음정

인간은 없고
새들만 노래하는
아득한 득음폭포
먼 득음정(得音亭)
인간의 판소리는
들리지 않고
폭포수로 쏟아지는
새들의 득음

운구하다

첫눈 오는 날
새의 시체를 운구하다
봄눈 오는 날
개미의 시체를 운구하다
함박눈 쏟아지는 날
꽃의 시신을 운구하다
드디어 눈 그친 날
아이들과 함께
쓰러진 눈사람 하나
운구하다

부활

진달래 핀
어느 봄날에
돌멩이 하나 주워 손바닥에 올려놓았다
돌멩이가 처음에는
참새 한 마리 가쁜 숨을 쉬듯이
가쁘게 숨을 몰아쉬더니
차차 시간이 지나자 잠이라도 든 듯
고른 숨을 내쉬었다
내가 봄 햇살을 맞으며
엄마 품에 안겨
숨을 쉬듯이

모유

어미 잃은
배고픈 갓난강아지 몇마리
이웃집 늙은 암캐의 품에 안겨주자
이튿날
암캐의 젖망울이 모두 서고
하얀 젖이 흘러나왔다
강아지들은 하루종일
그 젖을 빨아먹고
꼬물꼬물
웃으면서 기어다녔다

천사

천사는 손바닥에도 눈이 있다
발바닥에도 눈이 있다
이마에도 눈이 있다
온몸이 다 눈동자다

고비

고비 사막에 가지 않아도
늘 고비에 간다
영원히 살 것처럼 꿈꾸고
내일 죽을 것처럼 살면서
오늘도 죽을 고비를 겨우 넘겼다
이번이 마지막 고비다

인삼밭을 지나며

내 어찌 인간을 닮고 싶었으랴
내 일찍이 풀의 이름으로 태어나
어찌 인간의 이름을 닮고 싶었으랴
나는 하늘의 풀일 뿐
들풀일 뿐
어찌 인간의 영혼을 지녔으랴
어찌 인간이 되고 싶었으랴

물의 꽃

펄펄 끓는 물에
꽃이 핀다
오직 한 사람을 위하여
그 꽃을 꺾어
꽃다발을 만든다
사랑하는 일을
두려워하지 않기 위하여
펄펄 끓는 물에
꽃은 다시 깊게
뿌리를 내린다

투우

나의 뿔은 풀이다
너의 뿔도 풀이다
머리통을 맞대고
날카롭게 비녀뿔을 치켜세우고
불타는 석양이 깃든 저 눈빛
어리석다
분노는 풀과 같은 것
인간을 위하여
더이상 싸우고 싶지 않다
넓은 앞가슴과
강한 다리의 힘을 풀고
서로 껴안고
낮잠이나 푹 자고 싶다

설해목

천년 바람 사이로
고요히
폭설이 내릴 때
내가 폭설을 너무 힘껏 껴안아
내 팔이 뚝뚝 부러졌을 뿐
부러져도 그대로 아름다울 뿐
아직
단 한번도 폭설에게
상처받은 적 없다

선운사 상사화

선운사 동백꽃은 너무 바빠
보러 가지 못하고
선운사 상사화는 보러 갔더니
사랑했던 그 여자가 앞질러가네
그 여자 한번씩 뒤돌아볼 때마다
상사화가 따라가다 발걸음을 멈추고
나도 얼른 돌아서서
나를 숨겼네

거울

거울을 보다가 가끔
내 얼굴이 악마의 얼굴이 아닌가
한참 들여다볼 때가 있다
거울이 가끔 내 얼굴을
와장창
깨뜨려버릴 때가 있다

어느 벽보판 앞에서

어느 벽보판 앞
현상수배범 전단지 사진 속에
내 얼굴이 있었다
안경을 끼고 입꼬리가 축 처진 게
영락없이 내 얼굴이었다
내가 무슨 대죄를 지어
나도 모르게 수배되고 있는지 몰라
벽보판 앞을 평생을 서성이다가
마침내 알았다
당신을 사랑하지 않은 죄
당신을 사랑하지 않고
늙어버린 죄

비닐하우스 성당

봄이 오면
배추밭 한가운데 있는 비닐하우스 성당에는
사람보다 꽃들이 먼저 찾아와 미사를 드립니다
진달래를 주임신부님으로 모시고
냉이꽃을 수녀님으로 모시고
개나리 민들레 할미꽃 신자들이
일개미와 땅강아지와 배추흰나비와
저 들녘의 물안개와 아지랑이와 보리밭과 함께
내 탓이오 내 탓이오 내 큰 탓이로소이다
흙바닥에 영원히 꺼지지 않는 촛불을 켜고
저마다 고개 숙여 기도드립니다

꽃

사람은 꽃을 꺾어도
꽃은 사람을 꺾지 않는다
사람은 꽃을 버려도
꽃은 사람을 버리지 않는다
영정 속으로 사람이 기어들어가
울고 있어도
꽃은 손수건을 꺼내
밤새도록
장례식장 영정의 눈물을 닦아준다

별들은 울지 않는다

자살하지 마라
별들은 울지 않는다
비록 지옥 말고는 아무데도
갈 데가 없다 할지라도
자살하지 마라
천사도 가끔 자살하는 이의 손을
놓쳐버릴 때가 있다
별들도 가끔 너를
바라보지 못할 때가 있다

새똥

천사의 가슴에도
똥이 들어 있다
하하하
새똥이 들어 있다

제2부

물의 신발

비가 온다
집이 떠내려간다
살짝 방문을 열고
신발을 방 안에 들여놓는다
비가 그치지 않는다
신발이 떠내려간다
나는 이제 나의 마지막 신발을 따라
바다로 간다
멸치떼가 기다리는 바다의
수평선이 되어
수평선 위로 치솟는 고래가 되어
너를 기다린다

전철이 또 지나가네

전철이 또 지나가네
하얀 불빛을 밝히며 소리도 없이 종이상자처럼
밤의 전철이 또 지나가네
옆방에선 누가 운명했는지 갑자기 울음소리가 터지네
휠체어를 타고 밤바다를 바라보듯 망망히
어두운 창밖을 바라보는 당신은
언제 저 전철을 타고 눈부신 신문을 읽을 수 있을까
별빛처럼 가는 어깨를 내어줄 수 있을까
누군가 걸어간 길은 있어도 어디에도 발자국은 보이지
않고
사람들은 쓰레기봉투 속으로 기어들어가 자꾸 울고
당신은 휠체어를 탄 채 뒤도 돌아보지 않고 강물로 가네
휠체어를 쪼아대는 저 배고픈 물고기들
물고기들이 찾아가는 저 먼 길을 따라
전철이 또 지나가네
전철이 지나가는 하얀 밤의 강물 속으로
당신의 휠체어만 남아 떠도네

짐

내 짐 속에는 다른 사람의 짐이 절반이다
다른 사람의 짐을 지고 가지 않으면
결코 내 짐마저 지고 갈 수 없다
길을 떠날 때마다
다른 사람의 짐은 멀리 던져버려도
어느새 다른 사람의 짐이
내가 짊어지고 가는 짐의 절반 이상이다
풀잎이 이슬을 무거워하지 않는 것처럼
나도 내 짐이 아침이슬이길 간절히 바랐으나
이슬에도 햇살의 무게가 절반 이상이다
이제 짐을 내려놓고 별을 바라본다
지금까지 버리지 않고 지고 온 짐덩이 속에
내 짐이 남아 있는 것은 아무것도 없다
내가 비틀거리며 기어이 짊어지고 온
다른 사람의 짐만 남아 있다

충분한 불행

나는 이미 충분히 불행하다
불행이라도 충분하므로
혹한의 겨울이 찾아오는 동안
많은 것을 잃었지만 모든 것을 잃지는 않았다
죽음이란 보고 싶을 때 보지 못하는 것
보지 못하지만 살아갈수록 함께 살아가는 것
더러운 물에 깨끗한 물을 붓지 못하고
깨끗한 물에 더러운 물을 부으며 살아왔지만
나의 눈물은 뜨거운 바퀴가 되어
차가운 겨울 거리를 굴러다닌다
남의 불행에서 위로를 받았던 나의 불행이
이제 남의 불행에게 위로가 되는 시간
밤늦게 시간이 가득 든 검은 가방을 들고
종착역에 내려도
아무데도 전화할 데가 없다

바닥에 쏟은 커피를 바라보며

바닥에 쏟은 커피는 바닥이 잔이다
바닥에 커피를 쏟으면
커피는 순간 검은 구름이 된다
바다가 비에 젖지 않고 비를 바다로 만들듯
바닥도 커피에 젖지 않고 커피를 바닥으로 만든다
바닥을 걷는 흉측한 발들아
물 위를 걸은 예수의 흉내를 내다가 익사한 발들아
검은 구름떼가 흘러가는 바다의 잔을 들어라
오늘도 바다의 잔을 높이 들고
남은 인생의 첫날인 오늘보다
남은 인생의 마지막 날인 내일을 생각하며
봄비 내리는 창가를 서성거려라

죄송합니다

아직 숟가락을 들고 있어서 죄송합니다
도대체 뭘 얻어먹을 게 있다고
해는 지는데
숟가락을 들고 하루종일
지하철을 헤매고 다녀서 죄송합니다
살얼음 낀 한강에 떠다니는 청둥오리들
우두커니 바라보아서 죄송합니다
한강대교 위에서 하늘로 힘껏 던진 돌맹이들
별이 되지 못해서 죄송합니다
믿음이 없으면서도 그분의 옷자락에 손을 대고
그분의 신발에 입맞추어서 죄송합니다
진주조개를 돌로 내리쳐서
채 만들어지지도 않은 진주를 꺼낸 일도 죄송합니다
겨울비 내리는 서울역 뒷골목
오늘도 흰 구름이 찾아오지 않아서 죄송합니다
언제나 시작도 없이 끝만 있어서 죄송합니다

시계의 잠

누구나 잃어버린 시계 하나쯤 지니고 있을 것이다
누구나 잃어버린 시계를 우연히 다시 찾아
잠든 시계의 잠을 깨울까봐 조용히 밤의 TV를 끈 적이 있
을 것이다
시계의 잠 속에 그렁그렁 눈물이 고여 있는 것을 보고
그 눈물 속에 당신의 고단한 잠을 적셔본 적이 있을 것
이다
그동안 나의 시계는 눈 덮인 지구 끝 먼 산맥에서부터 걸
어왔다
폭설이 내린 보리밭길과
외등이 깨어진 어두운 골목을 끝없이 지나
술 취한 시인이 방뇨를 하던 인사동 골목길을 사랑하고
돌아왔다
오늘 내 시계의 잠 속에는
아파트 현관 복도에 툭 떨어지는 조간신문 소리가 침묵
처럼 들린다
오늘 아침에도 나는 너의 폭탄테러에 죽었다가 살아났다
서울역 지하도에서 플라스틱 물병을 베고 잠든

노숙자의 잠도 다시 죽었다가 살아나고
내 시계의 잠 속에는 오늘
폭설이 내리는 불국사 새벽종 소리가 들린다
포탈라 궁에서 총에 맞아 쓰러진 젊은 라마승의 선혈 소
리가 들린다
판문점 돌아오지 않는 다리 위를
부지런히 손을 잡고 걸어가는 젊은 애인들이 보인다
스스로 빛나는 눈부신 아침 햇살처럼
내 가슴을 다정히 쓰다듬어주는 실패의 손길들처럼

명동성당

바보가 성자가 되는 곳
성자가 바보가 되는 곳
돌멩이도 촛불이 되는 곳
촛불이 다시 빵이 되는 곳

홀연히 떠났다가 다시 돌아올 수 있는 곳
돌아왔다가 고요히 다시 떠날 수 있는 곳
죽은 꽃의 시체가 열매 맺는 곳
죽은 꽃의 향기가 가장 멀리 향기로운 곳

서울은 휴지와 같고
이 시대에 이미 계절은 없어
나 죽기 전에 먼저 죽었으나
하얀 눈길을 낙타 타고 오는 사나이
명동성당이 된 그 사나이를 따라
나 살기 전에 먼저 살았으나

어머니를 잃은 어머니가 찾아오는 곳

아버지를 잃은 아버지가 찾아와 무릎 꿇는 곳
종을 잃은 종소리가 영원히
울려퍼지는 곳

왼쪽에 대한 편견

한쪽 날개가 왼쪽으로 약간 기울어진 채
겨울 하늘을 나는 청둥오리가 더 아름답다
한쪽 어깨가 왼쪽으로 약간 기울어진 채 걸어가는 사람의
뒷모습이 더 아름답다
나는 젊은 마음의 육체를 지녔을 때부터 왼쪽 길로만 걸
어가
지금 외로운 마음의 육체마저도 왼쪽으로 더 기울어졌다
직선의 대로이거나 어두운 골목이거나
내가 바라보던 모든 지평선도 수평선도 왼쪽으로 더 기
울어졌다
기울어진다는 것은 아름다워진다는 것이다
기울어진다는 것은 사랑한다는 것이다
나는 지금도 멀리 사람을 바라볼 때
꼭 왼쪽에서 바라본다
왼쪽에서 바라본 사람의 옆모습이 가장 아름답다

휴대폰의 죽음

휴대폰의 죽음을 목격한 적이 있다
영등포구청역에서 지하철을 기다리고 있을 때였다
전동차가 역 구내로 막 들어오는 순간
휴대폰 하나가 갑자기 선로 아래로 뛰어내렸다
전동차를 기다리며 바로 내 앞에서
젊은 여자와 통화하던 바로 그 휴대폰이었다
승객들은 비명을 질렀다
전동차는 급정거했으나 그대로 휴대폰 위로 달려나갔다
한동안 전동차의 문은 열리지 않았다
역무원들이 황급히 달려오고
휴대폰의 시체는 들것에 실려나갔다
한없이 비루해지면 누구의 얼굴이 보이는 것일까
지금 용서하고 지금 사랑하지 못한 것일까
선로에 핏자국이 남아 있었으나
전동차는 다시 승객들을 태우고 비틀비틀 떠나갔다
다시 전원의 붉은 불이 켜지기를 기다리며
휴대폰은 자살한 이들과 함께
천국의 저녁 식탁 위에 놓여 있다

삼가 행복을 빕니다

어제 죽은 이들이
오늘 다시 태어나는 소리가 들립니다
삼가 행복을 빕니다

오늘 죽은 이들이
내일 다시 태어나 배냇웃음을 짓습니다
삼가 행복을 빕니다

오늘 다시 태어난
내일 다시 태어날
갓난아기의 얼굴이 이미 늙어 있습니다
삼가 평화를 빕니다

풀잎에게

늙은 아버지의 몸을 씻겨드리는 일은
내 시체를 씻기는 일이다
하루종일 밖에 나가 울고 돌아와
늙은 아버지를 모시고 공중목욕탕에 가서
정성껏 씻겨드리는 일은
내 시체의 눈물을 씻기는 일이다
아버지의 몸에 남은 물기를 다 닦아드리고
팬티를 갈아입혀드린 뒤
공손히 손톱을 깎아드리는 일도
내 시체에서 자란 눈물의 손톱을 깎는 일이다
나는 오늘도 하루종일 울고 돌아와
늙은 아버지의 몸을 씻겨드린다
밤의 벌레 뒤를 따라가
풀잎 위에 등불을 달고
내 시체를 눕힌다

바다의 성자

이제 알겠다
내가 술안주로 북북 찢어먹은 북어가
명태의 미라인 것을
그동안 즐겨먹은 안동 간고등어도
바짝 마른 멸치도
고등어의 미라
멸치의 미라인 것을
돈과 사람을 구분하지 못하고
허둥지둥 살아오는 동안
멸치가 게워놓은 바다도 보지 못하고
명태가 토해놓은 파도소리도 듣지 못하고
이제 알겠다
더이상 인간에게서
성자가 나오지 않는 까닭을
그들이야말로
바다의 성자라는 것을

폐사지처럼 산다

요즘 어떻게 사느냐고 묻지 마라
폐사지처럼 산다
요즘 뭐 하고 지내느냐고 묻지 마라
폐사지에 쓰러진 탑을 일으켜세우며 산다
나 아직 진리의 탑 하나 세운 적 없지만
죽은 친구의 마음 사리 하나 넣어둘
부도탑 한번 세운 적 없지만
폐사지에 처박혀 나뒹구는 옥개석 한 조각
부둥켜안고 산다
가끔 웃으면서 라면도 끓여먹고
바람과 풀도 뜯어먹고
부서진 석등에 불이나 켜며 산다
부디 어떻게 사느냐고 다정하게 묻지 마라
너를 용서하지 못하면 내가 죽는다고
거짓말도 자꾸 진지하게 하면
진지한 거짓말이 되는 일이 너무 부끄러워
입도 버리고 혀도 파묻고
폐사지처럼 산다

달팽이에게

혼자 가지 마세요
지금 천국에 마지막으로 남아 있는 자리 하나는
당신이 차지하시고
그 곁에 풀 한 포기 자랄 수 있는 자리 하나
마련해주세요
나도 데리고 가세요
내 비록 있는 그대로 하루를 보낸 적 없어
있는 그대로 보낸 하루가
천국에서 보낸 하루와 같은지 알 수 없으나
그저 당신 곁에서
묵묵히 듣고 있겠어요
천국에 가서 가장 행복했던 순간을 말해야 할 때
당신이 어느 순간을 말하는지
그저 가만히 듣고만 있겠어요

도망자

어느 봄날
내 책상 위에 놓인
십자고상에 매달려 있던 사내가 내려와
내 손에 못을 박는다
내 발에 못을 박는다
나는 밤새도록 도망치다가
그 사내한테 다시 붙잡혀
그 사내 대신 십자가에 매달려 운다
목이 마르다
병든 노모는 보이지 않는다
새벽별들을 거느리고
황소 한 마리 말없이 다가와
내 야윈 잔등을 쓸어주다가
빙그레 웃는다

수덕여관

일생에 한번쯤
수덕사 수덕여관에 여장을 풀고
평생 오지 않았던 잠을 자보아라
열매 맺지 않는 꽃이 붉은 열매를 맺을 것이다
비록 이튿날 아침 깨어나지 못한다 하더라도
일생에 하룻밤쯤
수덕여관 산당화에 기대어 잠을 자보아라
열매 맺지 않는 꽃이 맺은 열매에
다시 붉은 꽃이 피는 것을 볼 수 있을 것이다
그래도 평생 오지 않는 잠이 있다면
수덕여관 샘물을 한 바가지 들이켜보아라
물 위에 코끼리를 타고
모든 쓸쓸한 사랑이 지나가버린다

종이코끼리

온몸이 텅 빈
종이코끼리를 타고 길을 걷는다
아기부처님을 태우고 묵묵히
연등행렬을 따라가던 종이코끼리 한 마리
코가 잘려나간 채 종로 뒷골목에 버려져 있어
코 없는 종이코끼리를 타고 길을 걷는다
아직 남아 있는 살아가야 할 날들을 위하여
바람이 가장 강하게 부는 날 새들이 집을 짓듯이
폭풍우가 가장 강하게 몰아치는 날
이 순간의 너와집 한 채 지어 불을 지핀다
버리지 않으면 살아갈 수 없으므로
살아가기 위해서는 누구나 버려야 하므로
온몸이 텅 빈 흰 종이코끼리 한 마리 불태워
한줌 재를 뿌린다

새는 아무도 미워하지 않는다

석양이 깔리는
서해의 개펄을 거닌다고 해서
내가 도요새가 될 수 있겠는가
봄비가 그친 산 그림자 속에
가는 나뭇가지로 작은 집을 짓는다고 해서
내가 산새가 될 수 있겠는가
한 마리 새처럼 살고 싶다는 것
버려도 버려지지 않는
나의 가장 큰 욕심이다
새는 아무도 미워하지 않으나
새처럼 살고 싶어하는 인간을
가장 미워한다

거미

이른 아침
백담사 가는 길을 걸을 때
나뭇가지와 나뭇가지 사이로 이어진 거미줄에
내가 평생 흘린 모든 눈물이 매달려 있었다
왕거미 한 마리
내 눈물을 갉아먹으려고 황급히 다가오다가
아침 햇살에 손을 모으고
고요히
기도하고 있었다

제3부

새들을 위한 묘비명

여기
가장 높이 나는 새가 되고 싶었던
밥 먹는 시간보다
기도하는 시간이 더 길었던
새들의 노숙자 한 마리 잠들어 있다

나의 방명록

나의 방명록에 기록된
인간의 이름은 다 바람에 날려갔다
기역자는 기역자대로 시옷자는 시옷자대로
바람에 다 날려가
씰크로드를 헤매거나 사하라 사막의
모래언덕에 파묻혔다
어떤 애증의 이름은 파묻혀 미라가 되었으나
이젠 잊어라
이름이 무슨 사랑이더냐
눈물 없는 이름이 무슨 운명이더냐
겨울이 지나간 나의 방명록엔
새들이 나뭇잎을 물고 날아와 이름을 남긴다
남의 허물에서 나의 허물이 보일 때
나의 방명록엔
백목련 꽃잎들이 떨어져 눈부시다

웃음

개심사에 다녀온 뒤
아파트 베란다에 풍경을 달아놓고
풍경소리가 들리기를 기다린다
아무리 기다려도 들리지 않는다
어머니가 돌아가셔도 들리지 않는다
하루는 손으로 툭 쳐서
개심사 해우소 가을 지붕 위에 떨어지는
노란 은행잎 소리 같은
풍경소리를 내어보고
그냥 혼자 웃는다

밤의 비닐하우스

밤기차를 타고
밤을 지날 때
환하게 불을 밝힌 비닐하우스는
밤의 갠지스 강을 건너는
작은 나룻배

물결 따라 어디론가 흘러가다가
잃은 길을
또 잃을 때
흔들리는 강물에 띄우는
꽃등잔불

이중섭의 방

제주도 서귀포
이중섭 가족 네 식구가
바닷게들과 가난하게 살았던
초가 문간방
솥단지 하나 달랑 입구에 놓여 있는
1.4평짜리 방 한칸
그 좁은 방 안을 들여다보다가
깜짝 놀랐다
한라산이 방 안에 저 혼자 앉아
어깨에 쌓인 흰 눈을
털고 있었다

다산 주막

홀로 술을 들고 싶거든 다산 주막으로 가라
강진 다산 주막으로 가서 잔을 받아라
다산 선생께서 주막 마당을 쓸고 계시다가
대빗자루를 거두고 꼿꼿이 허리를 펴고 반겨주실 것이다
주모가 차려준 조촐한 주안상을 마주하고
다산 선생의 형형한 눈빛이 달빛이 될 때까지
이 시대의 진정한 취객이 될 수 있을 것이다
겨울 창밖으로 지나가는 딱딱한 구름과 술을 들더라도
눈물이 술이 되면 일어나 다산 주막으로 가라
술병을 들고 고층아파트 옥상에서 뛰어내리지 말고
무릎으로 걸어서라도 다산 주막으로 가라
강진 앞바다 갯벌 같은 가슴을 열고
다산 선생께서 걸어나와 잔을 내미실 것이다
참수당한 눈물의 술잔을 기울이실 것이다
무릎을 꿇고 막사발에 가득
다산 선생께 푸른 술을 올리는 동안
눈물은 기러기가 되어 날아갈 것이다

성탄절

고층아파트 입구
크리스마스트리가 차에 치여 넘어졌다
사람들이 달려와
크리스마스트리에 차가 치었다고
고래고래 소리를 지른다
어떤 이는
쓰러진 크리스마스트리를 발로 차기도 한다
떨어진 종이별들은 땅바닥에 나뒹굴다가
하늘로 날아가버린다
눈은 내리지 않는다
12월이 지났으나
성탄절은 오지 않는다

나는 아직 낙산사에 가지 못한다

나는 아직 낙산사에 가지 못한다
낙산사에 버리고 온 나를 찾아가지 못한다
의상대 붉은 기둥에 기대 울다가
비틀비틀 푸른 수평선 위로 걸어가던 나를
슬그머니 담배꽁초처럼 버리고 온 뒤
아직 나를 용서하지 못하는 나를 용서하지 못한다
이제는 봄이 와도 내 손에 풀들이 자라지 않아
머리에 새들도 집을 짓지 않아
그 누구에게도 온전한 기쁨을 드리지 못하고
나를 기다리는 나를 만나러 가는 길을 이미 잊은 지 오래
동해에서는 물고기들끼리 서로 부딪치지 않고
별들도 떼지어 움직이면서 서로 부딪치지 않는데
나는 나를 만나기만 하면 서로 부딪쳐
아직 낙산사에 가지 못한다
낙산사 종소리도 듣지 못한다

사라지는 것들을 위하여

사라지는 것들을 위하여
나는 나의 가장 가난했던
미소 속으로 사라진다

어느 목마른 저녁 거리에서
내가 늘 마시던 물은
내 눈물까지 데리고 땅속으로 사라지고
날마다 내 가슴속으로 눈부시게 날아오르던 새는
부러진 내 날개를 데리고 하늘 속으로 사라지고

이제는 쓸쓸한 저녁 바닷가
수평선 너머로 사라지는 수평선과 함께
인간이 되고 싶었던 나의 모든 꿈조차
꿈속으로 사라져

캄캄한 서울
종로 피맛골 한 모퉁이
취객들의 밤의 발자국에 깊이 어린

별빛들만 사라지지 않고 홀연히
술에 취한다

물의 꽃

강물 위에 퍼붓는 소나기가
물의 꽃이라면
절벽으로 떨어지는 폭포가
물의 꽃잎이라면
엄마처럼 섬기슭을 쓰다듬는
하얀 파도의 물줄기가
물의 백합이라면
저 잔잔한 호수의 물결이
물의 장미라면
저 거리의 분수가 물의 벚꽃이라면
그래도 낙화할 때를 아는
모든 인간의 눈물이
물의 꽃이라면

벽돌

위로 쌓아올려지기보다 밑에 내려깔리기를 원한다
지상보다 먼 하늘을 향해 계속 쌓아올려져야 한다면
언제나 너의 발밑에 내려깔려
누구든 단단히 받쳐줄 수 있게 되길 바란다
어느날 너와 함께 하늘 높이 쌓아올려졌다 하더라도
지상을 가르는 장벽이 되길 바라지는 않는다
산성이나 산성의 망루가 되기는 더더욱 바라지 않는다
그저 우리 동네 공중목욕탕 굴뚝이나 되길 바란다
때로는 성당의 종탑이 되어 푸른 종소리를 들으며
단단해지기보다 부드러워지길 바란다
쌓아올린 것은 언젠가는 무너지는 것이므로
돌이 되기보다 흙이 되길 바란다

징검다리

물은 흐르는 대로 흐르고
얼음은 녹는 대로 녹는데
나는 사는 대로 살지 못하고
징검다리가 되어 엎드려 있다

오늘도 물은 차고 물살은 빠르다
그대 부디 물속에 빠지지 말고
나를 딛고 일어나 힘차게 건너가라
우리가 푸른 냇가의 징검다리를
이제 몇번이나 더 건너갈 수 있겠느냐

때로는 징검다리도 물이 되어 흐른다
징검다리도 멀리 물이 되어 흘러가
보고 싶어도
다시는 보지 못할 때가 있다

용서의 의자

나의 지구에는
용서의 의자가 하나 놓여 있다
의자에 앉기만 하면 누구나
용서할 수 있고 용서받을 수 있는
절대고독의 의자 하나
쌩떼쥐뻬리의 어린 왕자가 해질녘
어느 작은 별에 앉아 있던 의자도 아니고
법정 스님이 오대산 오두막에 홀로 살면서
손수 만드신 못생긴 나무의자도 아닌
못이 툭 튀어나와 살짝 엉덩이를 들고 앉아야 하는
앉을 때마다 삐걱삐걱 눈물의 소리가 나는
작은 의자 하나
누군가가 만들어놓고
다른 별로 떠났다

죽음준비학교

길을 나와 길을 걸었다
작은 새 한 마리 길 위에 앉아 있다
새에게 다가가 고개를 숙이고 무릎을 꿇었다
새가 내 무릎을 물고 숲으로 날아간다

다시 길을 나와 밤길을 걸었다
별과 별 사이엔 별이 있다
나무와 나무 사이엔 나무가 있고
하늘과 땅 사이엔 붉은 달이 떠 있다
당신과 나 사이엔 아무도 없다

무서운 길이다
당신과 나 사이엔 용서의 꽃이 피는 줄 알았으나
분노의 열매만 맺혀 있다
다 닳은 내 무릎을 물고 날아간 작은 새도
분노의 열매만은 쪼아먹지 않는다

길을 나와 다시 새벽길을 걸었다

그동안 내 어둠을 밝혀준 별들에게 감사의 미소를
먼 길을 떠날 때마다 내 발을 쓰다듬어준
길가의 풀들에게 먼저 감사의 눈물을

마음의 준비

아무래도 마음의 준비를 하시는 게 좋겠습니다
이런 말 더이상 함부로 하지 마라
평생 마음이 어디 있는지도 모르는데
어디 가서 만나 손을 잡고 걸어가나
이젠 정말 마음의 준비를 할 때가 됐나봐 오빠
이런 말도 다시는 듣고 싶지 않다
마음에 옷을 입히고 새벽이 되어야만
아버지가 길을 떠나고 눈이 내리나
나는 아직 시든 화분을 품에 안고 젖을 먹인다
너도 이제 그만 마음의 준비를 하거라
어머니는 맷돌에 콩을 갈던 저녁처럼 앉아
하늘을 바라본다

허토의 시간

이제 이별은 끝났다
지금은 허토의 시간
모두 눈물을 거두고 삽을 들어라
지금 내 영혼의 육체는 춥다
어서 붉은 흙의 옷을 입혀라
천년을 함께 살아도 한번은 이별해야 한다
나뭇가지에 앉은 저 겨울새들은
이미 나의 가난한 평전을 쓰고 있다
아직 내 용서는 잠들지 못했지만
나는 히말라야 설사면(雪斜面)을 걸어가는
한 마리 낙타
이제 햇살도 저녁에 이르렀다
찬바람이 불고 나뭇잎은 떨고 있다
허토의 삽을 놓고
다들 집으로 돌아가라
누구에게나 허토의 시간은 찾아온다

흰 삽

막장에서
다 닳은 한쪽 가슴만 남았을 때보다도
쩍 갈라진 논바닥에 내리꽂혀
내리지 않는 비를 간절히 기다릴 때보다도
부지런히 논두렁에 물꼬를 트고
문설주에 기대 살포시 잠들었을 때보다도
지금 안개비 내리는 공동묘지
그분의 하관식
온몸에 흰 천을 감고
흙의 붉은 가슴팍을 딛고 선 지금 이 순간
나는 가장 아름답다
조객들이 흰 장갑을 끼고 성호를 그은 뒤
천천히 나를 들어 한 삽씩 흙을 뜬다
고맙다고
서로 사랑하라고
미소짓는 그분의 관 위에
내가 흙이 되어 떨어진다

점자시집을 읽는 밤

늙은 어머니의 잠든 얼굴 곁에서
더듬더듬 점자시집을 읽는 밤
두 주먹을 불끈 쥐고 분노하기보다는
눈물로 기도하는 사람이 되기 위하여
점자시집을 읽으며 잠 못 드는 밤
별들이 내려와 환하게 손가락으로 시집을 읽는다
시들이 손가락에 매달려 눈물을 흘린다
손가락에서 떨어지는 눈물이 시집을 적신다
그래, 그래
나는 이제 희망을 미워하지 않기로 한다
잔인한 희망의 미소도 더이상 증오하지 않기로 한다
나를 사랑하는 방법이 오직 고통의 방법일지라도
견딜 수 없는 고통은 허락하지 말라고
희망에게 쓰는 편지도 이제 그만 쓰기로 한다
사랑은 날마다 나무에 물을 주는 것과 같은 것이라고
젊은 별빛들이 내 손가락 끝에서
환하게 점자시집을 읽는 밤

시집

어느날
무심히 책상에 앉아 졸고 있다가
문득 시집이 꽂혀 있는 책꽂이를 바라보았다
임영조 시집 『시인의 모자』
박정만 시집 『잠자는 돌』
정채봉 시집 『너를 생각하는 것이 나의 일생이었지』
김남주 시집 『나의 칼 나의 피』
천상병 시집 『귀천』
조태일 시집 『자유가 시인더러』
신현정 시집 『바보사막』
뜻밖에
앞서거니 뒤서거니 세상을 떠난 시인들의 시집이
마치 묘비명처럼
나란히 서로 추운 듯 몸을 바짝 기대고 꽂혀 있었다
생전에 내가 만나보았던
함께 차를 마시고 밥을 먹었던 시인들의 시집이
물끄러미
졸고 있는 나를 쳐다보고 있었다

나는 슬그머니 그 옆에다

『사랑하다가 죽어버려라』 내 시집을 갖다 꽂고

다시 눈을 감았다

제4부

눈길

희디흰 눈길 위로
누가 걸어간
발자국이 보인다
새의 발자국이다
다행이다

젊은 느티나무에게 고백함

부석사 무량수전 배흘림기둥이
젊은 느티나무의 마음으로 만들어진 것을
알아도 너무 늦게 알았습니다
무량수전 무거운 기와지붕을
열여섯개 배흘림기둥이 받치고 선 까닭이
천년 전
느티나무가 사랑했던 모란 때문임을
늦어도 너무 늦게 알았습니다
오늘 홀로 배흘림기둥에 기대서서
느티나무 무늬로 남은 모란꽃을 쓰다듬어봅니다
오늘부터 다시 천년 동안
무량수전 열일곱번째 배흘림기둥이 되어
당신을 받치고 서 있겠습니다

광화문에서

서울 광화문에
소를 몰고 가는 사람이 있다면
그 소가 경복궁 근정전 앞마당을
가래질한다면
나는 그 뒤를 신발 벗고 따라가
그 사람의 소가 될 것이다
하룻밤 사이에
송아지도 낳을 것이다
송아지의 잔등을 씻고 지나가는
봄비도 될 것이다
서울 광화문에 워낭소리 울리며
느릿느릿 황소 한 마리 몰고 가는
그런 사람 있다면

타인

내가 나의 타인인 줄 몰랐다
우산을 쓰고 횡단보도를 건너며
공연히 나를 힐끔 노려보고 가는 당신이
지하철을 탈 때마다 내가 내리기도 전에 먼저 타는 당신이
산을 오를 때마다 나보다 먼저 올라가버리는 산길이
꽃을 보러 갈 때마다 피지도 않고 먼저 지는 꽃들이
전생에서부터 아이들을 낳고 한집에 살면서
단 한번도 행복한 순간이 없었다고 말하는 당신이
나의 타인인 줄 알았으나
내가 바로 당신의 타인인 줄 몰랐다
해가 지도록
내가 바로 나의 타인인 줄 몰랐다

뒷모습

그동안 나는
내 뒷모습이 아름다워지기를 바라는 사치를 부려왔다
내 뒷모습에 가끔 함박눈이 내리고
세한도의 소나무가 서 있고
그 소나무에 흰 눈꽃이 피기를 기다려왔으나
내 뒷모습에도 그믐달 같은 슬픈 얼굴이 있었다
오늘은 내 뒷모습에 달린 얼굴을 향해 개가 짖는다
아이들이 달려와 돌을 던진다
뒷모습의 그림자끼리 비틀비틀 걸어가는 어두운 골목
보행등의 흐린 불빛조차 꺼져버린다
내일은 내 남루한 뒷모습에 강물이 흘러라
내 뒷모습의 얼굴은 둥둥 강물에 떠내려가
배고픈 백로한테 쪼아먹혀라

백로

백로가 강가를 거니는 것은
부처님 말씀을 찾아나선 것이지
배가 고파 작은 물고기나 잡아먹으려고
거닐고 있는 것은 아니다

백로가 강 한가운데 한 발로 서서
해가 지도록 꼼짝도 하지 않는 것은
마음속에 부처님 말씀을 깊게 새기고 있는 것이지
헤엄쳐오는 어린 물고기들을
숨죽이며 기다리고 있는 것은 아니다

폭설

폭설이 내린 날
칼 한 자루를 들고
화엄사 대웅전으로 들어가
나를 찾는다
어릴 때 내가 만든 눈사람처럼
부처님이 졸다가 빙긋이 웃으신다
나는 결국 칼을 내려놓고 운다
칼이 썩을 때까지
칼의 뿌리까지 썩을 때까지
썩은 칼의 뿌리에
흰 눈이 덮일 때까지
엎드려 운다

늪

지금부터
절망의 늪에 빠졌다고 말하지 않겠다
남은 시간이
한 시간도 채 되지 않는다 할지라도
희망의 늪에 빠졌다고 말하겠다
절망에는 늪이 없다
늪에는 절망이 없다
만일 절망에 늪이 있다면
희망에도 늪이 있다
희망의 늪에는
사랑해야 할 사람들이 가득 빠져 있다

그루터기

그루터기에 앉아 비로소 내 몸을 시체로 바라본다

마음은 몸을 빠져나가 나룻배도 없이 강을 건너간다

급한 물살을 서둘러 헤엄쳐가는 내 마음을 바라보며

그분의 발 한번 씻어드리지 않은 일을 후회해본다

그루터기는 이제 물을 찾지 않는다

물을 찾아 힘차게 뻗어나가던 청춘의 뿌리를 고요히 거
둬들인다

나뭇가지 높이 집을 짓던 새들이 돌아오기를 기다리지도
않는다

늙은 부모처럼 오직 편히 앉아 쉬기만을 허락할 뿐

나는 잠시 일어나 강물에 내 시체의 신발을 씻고

사랑을 잃은 내 말의 혀를 씻어

공손히 두 손으로 그루터기 위에 올려놓는다

최후의 만찬

피자를 배달하러 온 청년 뒤에
예수가 비를 맞고 서 있다
어떤 날은 피자만 냉큼 받아들고 현관문을 닫아버리지만
어떤 날은 오토바이를 타고 청년이 빗속을 붕 떠나버린
뒤에도
그대로 비가 되어 서 있는 예수를 향해 문을 열어둘 때가
있다
그런 날은 식탁에 앉아 예수와 피자를 나눠먹으며
인생의 승리는 사랑하는 자에게 있다던
장기려 박사의 사랑 이야기를 할 때도 있다
콜라를 마시며 피자 한 판을 다 먹을 때까지
인생에도 승리가 있느냐고
진정 당신의 인생은 승리했느냐고 이야기하다가
방 안까지 따라들어온 비가 그치면
그를 향해 다시 문을 닫고 배반의 잠을 잘 때가 있다

막시밀리안 콜베 신부님

신부님
저는 늘 배가 부르면서도
아사감방에 갇혀 있습니다
방금 벌컥벌컥 생수 한 병을 다 들이켜놓고도
타는 갈증의 감방에 쓰러져 있습니다
신이 우리에게 두 발을 준 까닭은
서로 함께 걸어가라고 준 것이나
저는 그 누구하고도 함께 걸어가지 못하고
홀로 걷다가 홀로 떠나갑니다
아우슈비츠에서 다른 사람 대신
스스로 아사감방으로 걸어들어가
물 한 모금 먹지 못하고 돌아가신
내 진리의 고향
막시밀리안 콜베 신부님

모래시계

다시 모래시계를 뒤집어놓을 수 있다고

기다리지 마라

누구의 모래시계든 오직 단 한번만 뒤집어놓을 수 있다

차라리 무릎을 꿇고

시간의 길이 수없이 달리는 밤하늘을 우러러보라

지금은 마지막 남은 모래 한 알

모래시계의 좁은 구멍 아래로 막 떨어지려는 순간이다

모래는 모래가 되기까지의 모든 시간을 성실히 나누어

주고

낙타가 기다리는 사막으로 간다

그치지 마라

모래시계 속에서 불어오는 거대한 사막의 모래폭풍아

모래 한 알 한 알마다 어머니의 미소가 어릴 때까지

나는 지금 낙타를 타고 모래시계 속을 걸어간다

부평역

봄비 내리는 부평역
마을버스 정류장 앞
허연 비닐을 뒤집어쓰고
다리 저는 아주머니
밤 깊도록 꽃을 판다
사람들마다 봄이 되라고
살아갈수록 꽃이 되라고
팔다 남은 노란 프리지어 한 묶음
젊은 역무원에게 슬며시
수줍은 듯 건네주고
승강장 노란 불빛 사이로
허옇게 쏟아지는 봄비 속을
절룩절룩 떠나간다
동인천행 막차를 타고
다운증후군 아들의
어린 손을 꼭 잡고

파도

마른 멸치처럼 구부러진
구순의 아버지
팔순의 어머니하고
멸치를 다듬는다
떨리는 손으로
파도에 넘어지면서
멸치 대가리는 떼라는데
왜 자꾸 안 떼느냐며
도대체 정신을 어디다 팔고 있느냐고
구박을 받으면서
파도에 자꾸 넘어지면서

심우장에 가다

성북동에 봄이 와서
심우장에 가다
황급히 신발을 벗고
영정에 향을 올리고
집 안 구석구석을 살피며
소를 찾는다
소는 없고
향나무에 푸른 고삐만 매여 있다
나는 고삐를 풀어 손에 꼭 쥐고
당신이 타고 가신
소를 찾아
성북동 골목을 평생 돌아다닌다
달이 뜬다
소똥 봐라 소리치며
동네 아이들이 졸졸 따라온다
멀리서 당신인가
워낭소리 들린다

증명사진

주민등록증을
재발급받기 위해
넥타이를 매고 단정히
증명사진을 찍다가
눈물이 왈칵 쏟아졌다
슬픔 이외에는 아무것도
증명할 수 없어서
증명사진에 내 얼굴이
나오지 않았다

목련

목줄을 쥐고
내가 개를 끌고 가지만
실은 개가 나를
끌고 가는 것이다
봄이 왔다고
목련을 보러 가자고
개가 나를 끌고
백목련 속으로
걸어들어가는 것이다

성배

친구여
아직도 성배를 찾아
떠나고 있는가
우리가 인사동에서
막걸리를 마시던
그 잔을 기억하는가
그 막사발에 담아 마시던
피와 눈물을 기억하는가
지금까지
우리가 마신 잔은
다 성배였다

소년

온몸에
함박눈을 뒤집어쓴
하얀 첨성대
첨성대 꼭대기에 홀로 서서
밤새도록 별을 바라보다가
눈사람이 된
나

인간 존재와 생에 대한 서정적 통찰
김유중

1

　1970, 80년대를 거쳐오는 동안, 정호승의 시는 대학가를 중심으로 주로 젊은 층에게 상당한 인기를 끌었다. 우리 사회가 본격적인 산업화 단계로 접어든 이 기간에, 그의 시는 외형적인 경제성장의 뒤편에 가려진 힘없고 소외받는 계층의 아픔과 상처를 적실하게 포착하여 일깨워주는 한편, 이들의 내면을 부드럽게 어루만져주는 역할을 하였다. 시대적 관심사에 유달리 민감했던 당시의 젊은 독자층에 이와 같은 그의 작업은 폭넓은 공감을 불러일으켰다.

　그러나 그가 시로써 감싸안고 보듬었던 지난날의 우울한 시대현실과 그 아픔의 현장들은 이제 우리 주변에서 더이상 찾아볼 수 없게 된 경우가 대부분이다. 희미한 추억으로만 남아 있는 그 시절 우리들의 초상은 이제 어느날 무심

코 마주친 빛바랜 몇장의 사진 속에서만 떠올릴 수 있을 뿐이다.

현실이 바뀐 탓일까? 사람들의 감성에도 어느덧 변화의 조짐들이 나타나기 시작했다. 변화해가는 현실에서, 과거와 같은 스타일로 정호승의 시가 사회 저변의 폭넓은 공감대를 불러일으키는 데에는 한계가 있을 수밖에 없다. 요컨대 그의 시에도 어느정도 변화가 필요했던 것이다. 그 또한 이런 필요성에 대해서 어느정도 인지하고 있었던 듯하다. 얼핏 보기에도 1990년대 이후 발표된 그의 시는 그 이전과는 조금 다른 양상을 보이기 때문이다.

그러나 더욱 중요한 것은 이러한 변화가 서정적 진실의 힘과 그 가능성에 대한 그의 믿음을 근본적으로 뒤흔들어 놓지는 못하였다는 점이다. 말하자면 정호승 시의 변화란 어디까지나 내면 깊숙한 곳에 간직한 서정적 진실에 대한 근본적인 믿음이라는 토대 위에서 행해진 변화였을 뿐이다.

2

정호승에게 있어 서정성에 대한 믿음은 단순히 자기 문학세계에 안주하려는 고집이나 아집과는 거리가 멀다. 변화해가는 현실을 현실 그대로 인정하되, 그 현실 속에서도

우리가 결코 잃어버려서는 안될 지난날의 소중한 기억들에
대한 깊은 애정과 향수를 간직하고 있기 때문이다.

사라지는 것들을 위하여
나는 나의 가장 가난했던
미소 속으로 사라진다

어느 목마른 저녁 거리에서
내가 늘 마시던 물은
내 눈물까지 데리고 땅속으로 사라지고
날마다 내 가슴속으로 눈부시게 날아오르던 새는
부러진 내 날개를 데리고 하늘 속으로 사라지고

이제는 쓸쓸한 저녁 바닷가
수평선 너머로 사라지는 수평선과 함께
인간이 되고 싶었던 나의 모든 꿈조차
꿈속으로 사라져

캄캄한 서울
종로 피맛골 한 모퉁이
취객들의 밤의 발자국에 깊이 어린
별빛들만 사라지지 않고 홀연히

술에 취한다

—「사라지는 것들을 위하여」전문

　인용 시의 화자는 단순히 퇴영적이고 패배주의적인 감상에 젖어 지난 과거를 반추하는 것처럼 읽히기도 한다. 물론 일정부분 그런 요소가 있는 것도 사실이다. 그러나 더 중요한 것은 그가 이런 감상성을 보이게 된 근본원인이다. 그 밑바닥에는 비록 힘들고 가난했지만 그래도 인간다운 정이 흐르던 시절에 대한 그리움이 배어 있다. 변화된 현실 속에서 떠올리는 이러한 그리움이야말로 현실에 대한 비판적인 태도 내지는 거리두기와 따로 떼어 이해될 수 없다. 그가 지적하고 있듯이, 문제는 "인간이 되고 싶었던 나의 모든 꿈조차" 사라지게 만든 이 속악한 현실이기 때문이다.

　이를 통해 그는 시대의 가난한 영혼들에게 인생 자체에 대한 깊이있는 반성과 성찰이 필요함을 지적한다. 현실의 변화에 적응하기 위해 몸부림치는 동안, 가난했지만 순수했던 시절의 일들, 끔찍했지만 되새겨야 할 사연들은 우리의 뇌리에서 서서히 지워져간다. 남의 아픔을 나 자신의 아픔처럼 감싸안으며 가난 속에서도 작은 희망을 간직하며 살아가기보다는, 너도나도 부자 되기에 몰두하며 적자생존의 원리에 익숙해져간다. 치열한 경쟁사회에서 승자가 되기 위해서는 다소간의 무리를 감수하는 것쯤은 당연하다고 생각한다. 뿐만 아니라, 이러한 대열에 동참할 수 없는 이들은 스스로를 사회의 낙오자로 낙인찍기도 한다.

이런 우리들을 향해 시인은 나직한 목소리로 일러준다. 그 시절 그 기억들을 뒤돌아보고 그런 가운데 인간다움의 본질과 그 의미에 대해 되새겨보라고. 변화된 가치관과 감성 자체를 부정하거나 거부하려는 것은 아니지만, 그런 시대일수록 인간다움의 기본을 유지하고 살아가는 것이 더욱 요구되지 않겠느냐고.

> 늙은 어머니의 잠든 얼굴 곁에서
> 더듬더듬 점자시집을 읽는 밤
> 두 주먹을 불끈 쥐고 분노하기보다는
> 눈물로 기도하는 사람이 되기 위하여
> 점자시집을 읽으며 잠 못 드는 밤
> 별들이 내려와 환하게 손가락으로 시집을 읽는다
> 시들이 손가락에 매달려 눈물을 흘린다
> 손가락에서 떨어지는 눈물이 시집을 적신다
> 그래, 그래
> 나는 이제 희망을 미워하지 않기로 한다
> 잔인한 희망의 미소도 더이상 증오하지 않기로 한다
> 나를 사랑하는 방법이 오직 고통의 방법일지라도
> 견딜 수 없는 고통은 허락하지 말라고

희망에게 쓰는 편지도 이제 그만 쓰기로 한다
사랑은 날마다 나무에 물을 주는 것과 같은 것이라고
젊은 별빛들이 내 손가락 끝에서
환하게 점자시집을 읽는 밤
——「점자시집을 읽는 밤」 전문

1970, 80년대 그의 초기작들을 연상케 하는 위 시에서 시인은 '분노'와 '미움', '증오'보다는 '눈물'의 의미를 강조하고 있다. 여기서 그가 말하는 '눈물'이란 메마른 현실 속에서도 결코 놓쳐버려서는 안될 인간적인 감정일 것이다. 공동체적인 끈끈한 유대감을 논하기 이전에, 그것은 인간이 인간으로서 살아가는 데 필요한 최소한의 정서적 조건이라고 할 수 있다.

주변의 그늘진 곳, 소외된 곳을 되돌아보며 보살필 줄 아는 따뜻한 감성의 소유자는 언제 어느 때고 존재해왔고, 앞으로도 계속해서 존재하지 않으면 안된다. 사회란 모든 구성원들이 함께 어우러져 완성되는 것이기 때문이다. 그러나 우리는 평소 이런 평범한 진리에 대해 너무나도 둔감하다.

3

어머니
아무래도 제가 지옥에 한번 다녀오겠습니다
아무리 멀어도
아침에 출근하듯이 갔다가
저녁에 퇴근하듯이 다녀오겠습니다
식사 거르지 마시고 꼭꼭 씹어서 잡수시고
외출하실 때는 가스불 꼭 잠그시고
너무 염려하지는 마세요
지옥도 사람 사는 곳이겠지요
지금이라도 밥값을 하러 지옥에 가면
비로소 제가 인간이 될 수 있을 겁니다

— 「밥값」 전문

인간다운 삶이란 과연 어떤 삶일까. 누구나 인간답게 살
아가길 희망하지만, 막상 이러한 질문에 부딪치게 되면 막
막하기만 하다. 사람에 따라, 혹은 그가 처한 현실적 상황에
따라 이에 대한 답변은 썩 달라질 수밖에 없기 때문이다.

이 시에서 그는 인간다운 삶을 살기 위해 노력하는 태도
를 '밥값'하는 것이라고 말한다. 실제로 우리 주변에 '밥값'

제대로 못하는 인간들이 얼마나 많은가. 남이 알아주지 않아도 묵묵히 자신에게 주어진 역할을 충실하게 수행하는 사람, 남을 밟고 일어서기보다는 남을 위해 배려하며 기꺼이 자기자신을 내어주는 사람, 그리고 그러한 가운데 인생의 보람과 행복을 느끼는 사람, 그런 사람이야말로 진정 인간다운 삶을 살아가는 사람이라고 할 수 있지 않을까.

이 대목에서 시인은 지적한다. 밑바닥('지옥')을 경험해본 자만이 인생에 대해 겸허해지기 마련이라고. 스스로의 생에 대해 겸허해질 때, 비로소 인간답게 살아간다는 것의 진정한 의미가 다가올 수 있을 것이라고.

그런 날은 식탁에 앉아 예수와 피자를 나눠먹으며
인생의 승리는 사랑하는 자에게 있다던
장기려 박사의 사랑 이야기를 할 때도 있다
　　　　　　　　　　　　　　—「최후의 만찬」 부분

아우슈비츠에서 다른 사람 대신
스스로 아사감방으로 걸어들어가
물 한 모금 먹지 못하고 돌아가신
내 진리의 고향
막시밀리안 콜베 신부님
　　　　　　　　　　　—「막시밀리안 콜베 신부님」 부분

말은 쉬워도, 실제 그런 삶을 살아간다는 것은 결코 쉬운 선택이 아니다. 그러나 일반인들로서는 감당하기 어려운 이러한 삶을 실제 실천에 옮기는 인물들이 간혹 우리 주위에 있는 것도 사실이다. 앞의 시에서 언급하는 장기려 박사나 막시밀리안 콜베 신부의 삶이 바로 그 전형적인 예이다. 이런 인물들을 우리는 보통 '성자'라고 부른다. 평균적인 인간으로서는 범접하기 힘든 숭고한 사랑의 정신을 실천한 인물들이기 때문이다. 그러나 스스로의 실천에 대해, 그들은 단지 성자만이 할 수 있는 행동이라고 말하지는 않는다. 도리어 인간으로서 보여줄 수 있는 가장 인간다운 행동이요 실천이라고 주장할지도 모른다.

그들이 직접 자신의 행동으로 보여준 것은 "지옥도 사람 사는 곳"이며, 따라서 인간에 대한 사랑, 인간에 대한 근원적인 신뢰는 어떤 경우에라도 포기해서는 안될 소중한 덕목이요 가치라는 사실이다. 시인 정호승이 전하고자 하는 인간다운 삶의 실체가 바로 여기에 있다고 할 수 있을 것이다.

위로 쌓아올려지기보다 밑에 내려깔리기를 원한다
지상보다 먼 하늘을 향해 계속 쌓아올려져야 한다면
언제나 너의 발밑에 내려깔려
누구든 단단히 받쳐줄 수 있게 되길 바란다
—「벽돌」부분

오늘도 물은 차고 물살은 빠르다
그대 부디 물속에 빠지지 말고
나를 딛고 일어나 힘차게 건너가라

—「징검다리」부분

이 시들에서 시인은 그런 자신의 사유를 '벽돌'이나 '징
검다리'와 같은 사물을 통해 구체화된 형태로 제시하고 있
다. 자신이 바라는 삶이란 스스로를 낮추고 낮은 곳으로 향
하려는 마음가짐을 갖는 데서부터 시작된다는 것이다. 그
런 삶을 살아가는 존재는 평소에는 있어도 없는 듯 눈에 잘
띄지 않는다. 그러나 그 자리가 비게 되면 대번 표가 나고
만다. 그런 인생, 그런 가치를 추구하는 삶이 바로 시인 정
호승이 추구하는 인간다운 삶의 표본일 것이다.

4

현실에 대한 비판적 거리두기의 한 방식으로서의 지난날
에 대한 향수는 때로는 전통적인 사고와 생활방식에 대한
잔잔한 그리움의 색채를 띠고 등장하기도 한다.

무량수전 무거운 기와지붕을
열여섯개 배흘림기둥이 받치고 선 까닭이
천년 전
느티나무가 사랑했던 모란 때문임을
늦어도 너무 늦게 알았습니다.
오늘 홀로 배흘림기둥에 기대서서
느티나무 무늬로 남은 모란꽃을 쓰다듬어봅니다
오늘부터 다시 천년 동안
무량수전 열일곱번째 배흘림기둥이 되어
당신을 받치고 서 있겠습니다
　　　　　　　　　　─「젊은 느티나무에게 고백함」 부분

서울 광화문에
소를 몰고 가는 사람이 있다면
그 소가 경복궁 근정전 앞마당을
가래질한다면
나는 그 뒤를 신발 벗고 따라가
그 사람의 소가 될 것이다
하룻밤 사이에
송아지도 낳을 것이다
송아지의 잔등을 씻고 지나가는

봄비도 될 것이다

—「광화문에서」 부분

인간답게 살아간다는 것은 자연을 벗삼아 순리대로 살아가는 것인지도 모른다. 그러고 보면 대다수 현대인들의 사고방식이란 자연 그대로의 법칙과 순리를 철저하게 역행하는 것이 아닌가. 무엇보다도 지적되어야 할 사실은 사람들이 더이상 진득하게 기다리지 못한다는 점이다. 능률과 효율성만을 절대선과 절대가치로 신봉하는 자본주의의 악마적인 속도전 속에서, 사람들은 도태되지 않기 위해서라도 스스로를 끊임없이 닦달해가며 새로운 세계에 적응하기 위해 골몰한다. 재빠르고 날렵하게 자기변신을 시도하는 자만이 살아남는다. 빠르게 변화해가는 현실 속에서는 날래고 가벼운 것들만이 경쟁력 있기 때문이다. 그 외 일체의 것들은 변명이며, 나태의 증거일 뿐이다. '더 빨리, 더 빨리'를 외치는 자에게만이 세상 속에 부비고 들어갈 자격이 주어진다.

사람들의 감성이 변했다고 했을 때, 가장 크게 변한 것이 바로 이 점이다. 변화해가는 현실을 따라잡기 위해서는 어쩔 수 없이 너도나도 이러한 변화의 흐름에 동참하여 적응해나가야 한다고 생각한다. 그러나 우리는 이러한 재빠름과 날렵함으로 인해 소중한 많은 것들을 잃고 말았다.

날래고 가벼운 것들은 그만큼 쉽게 잊혀지고 사라져버리는 것이 상례이다. '천년' 전의 일과 '천년' 뒤의 일을 생각하며 세월의 무게와 그 의미에 대해 진지하게 생각해보는 것은 날램만으로, 혹은 가벼움만으로 이해될 성질의 것이 아니다. 앞의 시들에서 정호승은 현실의 이러한 날램과 가벼움에 맞서 기다림의 미학, 또는 '느릿느릿' 살아가는 삶의 여유로움을 우리에게 들려준다. 그리고 이를 통해 과거 전통적인 삶의 태도와 방식 들 속에 자리잡은 가치들을 발굴하여 새로운 각도에서 전달한다.

　그동안 나의 시계는 눈 덮인 지구 끝 먼 산맥에서부터 걸어왔다
　폭설이 내린 보리밭길과
　외등이 깨어진 어두운 골목을 끝없이 지나
　술 취한 시인이 방뇨를 하던 인사동 골목길을 사랑하고 돌아왔다
　(…)
　내 시계의 잠 속에는 오늘
　폭설이 내리는 불국사 새벽종 소리가 들린다
　포탈라 궁에서 총에 맞아 쓰러진 젊은 라마승의 선혈 소리가 들린다
　판문점 돌아오지 않는 다리 위를

부지런히 손을 잡고 걸어가는 젊은 애인들이 보인다
스스로 빛나는 눈부신 아침 햇살처럼
내 가슴을 다정히 쓰다듬어주는 실패의 손길들처럼
—「시계의 잠」 부분

자연을 벗삼아 스스로 그 일부가 되어 살아가고자 하지만, 우리가 속한 현실은 그런 꿈이나 이상의 실현을 쉽사리 용납할 정도로 녹록하지가 않다. 그래서일까, 이 시에서 보듯 그런 현실을 바라보는 그의 시선은 애틋한 듯 담담하다.

우리의 의지, 우리의 희망과는 상관없이 세상은 잘도 굴러간다. 그리고 그 속에서 대다수의 사람들이 바라는 인생의 궁극적인 목표나 꿈은 대개 실패로 돌아가고 만다. 때론 처연하게, 때론 비극적으로. 그 또한 자신의 못다 이룬 꿈들을 떠올리며 지나간 삶의 흔적들을 되짚어본다. 숱한 좌절과 실패의 순간들을 담담하게 그려본다. 쓰디쓴 좌절과 실패의 기억만을 안겨다준 인생이지만, 그래도 그는 자신의 인생을 사랑한다. 꿈이 소중한 만큼, 그런 실패의 경험 또한 더없이 소중한 인생의 한 장면이기에.

인생에서 한번 지나가버린 것은 다시 오지 않는다. 그러기에 소중하다. 심지어는 좌절과 실패마저도 소중하다. "내 가슴을 다정히 쓰다듬어주는 실패의 손길"이라는 표현이 어색하게 느껴지지 않는 것은 이런 이유 때문이다.

5

인생이란 어쩌면 애초에 품었던 희망과 꿈 들을 하나하나 지워가고 비워가는 것인지도 모른다. 그런 희망과 꿈이 단순히 도달 불가능해서가 아니다. 도달한다는 것 자체가 더 큰 틀에서 보면 의미없는 일일 수 있기 때문이다. 자연의 순리대로 살아가고자 하는 노력이 또다른 인위적인 욕망을 불러일으키는 일이라면, 그 자체가 이미 자연에서 멀어지는 결과가 될 것이다.

그걸 스스로 깨닫게 해주는 것이 바로 인생이다. 인간다운 인간이 되고 싶다, 인간다운 삶을 살고 싶다는 것도 하나의 욕망이다. 가난하지만 순수했던 지난 시절의 기억을 떠올리며 인간에 대한 그리움을 간직하고자 하는 것 또한 영락없이 욕망일 것이다. 그것을 목표로 삼는 순간 곧 그리로 향하는 길은 험난한 여정이 될 것이다.

이 경우 해법은 하나밖에 없다. 세상의 흐름에 모든 것을 맡기고 순리대로 살아가는 것. 순리대로 살아가고 싶다는 욕망마저 벗어버린 채 순리에 따르는 것. 시인 정호승의 서정적인 통찰력은 이 지점에서 다시 한번 빛을 발한다.

온몸이 텅 빈

종이코끼리를 타고 길을 걷는다
아기부처님을 태우고 묵묵히
연등행렬을 따라가던 종이코끼리 한 마리
코가 잘려나간 채 종로 뒷골목에 버려져 있어
코 없는 종이코끼리를 타고 길을 걷는다
아직 남아 있는 살아가야 할 날들을 위하여
바람이 가장 강하게 부는 날 새들이 집을 짓듯이
폭풍우가 가장 강하게 몰아치는 날
이 순간의 너와집 한 채 지어 불을 지핀다
버리지 않으면 살아갈 수 없으므로
살아가기 위해서는 누구나 버려야 하므로
온몸이 텅 빈 흰 종이코끼리 한 마리 불태워
한줌 재를 뿌린다

—「종이코끼리」전문

그렇다. 인생이란 이처럼 아낌없이 버리는 것이다. 아낌
없이 홀홀 벗어버리고 미련없이 떠나는 것이다. 지난 것은
지난 것일 뿐, 집착은 금물이다. "아직 남아 있는 살아가야
할 날들"을 위해서라도 마땅히 그리해야 한다. 그의 표현
대로 "버리지 않으면 살아갈 수 없으므로". 그리고 "살아가
기 위해서는 누구나 버려야 하므로". 고달팠다면 고달팠던
만큼, 화려했다면 화려했던 만큼 버리는 데에는 과감해야

한다.

인간에 대해, 인생에 대해, 그리고 존재 자체에 대해 서정적으로 다가서려는 그의 노력이 가닿은 지점은 바로 이곳이다. 정호승의 시작(詩作)은 여기서 당분간 머무를 예정인 듯하다. 그의 시작이 앞으로 또 어떤 방향으로 이어질지는 좀더 여유를 가지고 지켜볼 일이다.

金裕中 | 문학평론가

신작시집으로 열번째 시집을 낸다. 세상에는 가도 되는 길이 있고 안 가도 되는 길이 있지만 꼭 가야 하는 길이 있다. 나는 이제야 그 길이 시와 시인의 길임을 확신한다. 시인이 한 편의 시를 남기기 위해서는 평생이라는 시간이 필요하다.

이번 시집에 수록된 시들은 대부분 짧다. 침묵의 절벽 끝에 한 채 서 있는 작은 수도원처럼 시는 묵언의 상태에서 이루어지는 그 무엇임을 새삼 깨닫는다. 지금까지 써온 시보다 앞으로 쓸 시에 대한 기대감으로 눈부신 오늘 아침을 맞이한다.

2010년 11월
정호승

창비시선 322

밥값

초판 1쇄 발행 / 2010년 11월 5일
초판 24쇄 발행 / 2025년 6월 24일

지은이 / 정호승
펴낸이 / 염종선
책임편집 / 이상술 전성이
펴낸곳 / (주)창비
등록 / 1986년 8월 5일 제85호
주소 / 10881 경기도 파주시 회동길 184
전화 / 031-955-3333
팩시밀리 / 영업 031-955-3399 편집 031-955-3400
홈페이지 / www.changbi.com
전자우편 / lit@changbi.com